par grimod de la Reyniere

LORGNETTE

PHILOSOPHIQUE.

Premiere Partie.

NOMS DES LIBRAIRES;

Chez lesquels on trouve également le présent Ouvrage.

Veuve DUCHESNE, rue S. Jacques.
BAILLY, rue Saint-Honoré.
MÉRIGOT l'aîné, à l'Opéra.
MÉRIGOT jeune, quai des Augustins.
Veuve ESPRIT, au Palais-Royal.
BELIN, rue Saint-Jacques.
BRUNET, rue de Marivaux.
GUILLOT, rue S. Jacques.
PETIT, Quai de Gêvres.
CUSSAC, rue du Vieux Colombier.
PICHARD, quai des Théatins.
DUBOIS, paſſage du Perron, au Palais-Royal.

Les mêmes Libraires continuent de vendre les RÉFLEXIONS PHILOSOPHI-QUES SUR LE PLAISIR, par un Céliba-taire, (M. Grimod de la Reyniere), troiſiéme édition, revue avec ſoin, cor-rigée avec docilité, & augmentée de cinq à ſix petits morceaux aſſez plai-ſans, in-8°. de 136 pages, prix 1 liv. 10 ſ.

LORGNETTE

PHILOSOPHIQUE,

Trouvée par un R. P. Capucin fous les Arcades du Palais - Royal, & préfentée au Public

Par un CÉLIBATAIRE.

PREMIERE PARTIE.

—Difficile eft propriè communia dicere.....
HOR.

A LONDRES,

Et fe trouve à PARIS,

Chez L'AUTEUR, Rue des Champs Elyſées.

M. DCC. LXXXV.

Avis des Libraires.

CET Opuscule qui plaira peut-être aux Lecteurs frivoles, en amusant les Lecteurs raisonnables, paroît être l'Ouvrage d'un Cynique de bonne compagnie, & mériter à plus d'un titre l'accueil des honnêtes gens.

Nous avons préféré de l'imprimer dans le format petit in-12, tant pour la satisfaction du Public (qui paroît donner aujourd'hui la préférence aux éditions Lilliputiennes,) qu'afin de pouvoir l'établir au prix modique de 2 *liv.* 8 *s. les 2 vol. brochés*, prix auquel beaucoup de personnes peuvent atteindre, & que nous conserverons irrévocablement même dans les éditions subséquentes.

La souscription pour le *Journal de Neufchatel*, annoncée au revers du frontispice des *Réflexions*, est toujours ouverte chez L'AUTEUR seulement, au prix de 24 liv. franc de port par-tout le Royaume. Il sera distribué incessamment un *Prospectus raisonné* de cet Ouvrage, regretté du Public, & que l'on peut regarder comme une continuation du *Journal des Théâtres*.

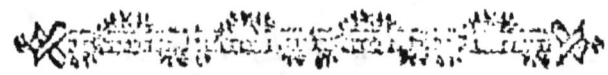

PRÉFACE

DU

CAPUCIN.

Me promenant l'autre jour au Palais Royal vers le soir , comme c'eſt ma coutume , je ſentis rouler ſous mes pieds quelque choſe. En y faiſant plus d'attention ,

je m'apperçus que c'étoit
un rouleau de papiers.
Aussi avide fureteur de
Bouquins que d'autres
pourroient l'être de Jo-
lies femmes, je m'em-
pressai de ramasser celui-
ci, & j'abrégeai ma pro-
menade pour jouir plutôt
de ma découverte. Ren-
tré dans ma Cellule, je
feuilletai bien vîte mon

petit tréfor, & je crus
m'appercevoir qu'il ne
me feroit pas inutile.
L'Ouvrage paroiſſoit être
du feiziéme ſiecle par le
caractere de l'écriture ;
mais tout ce qu'il con-
tenoit pouvoit s'appli-
quer au dix-huitiéme. Ce
rapprochement piqua
ma curioſité. Je me
hâtai de tranſcrire ce

manufcrit, & ce ne fut
pas fans peine que je
parvins à le débrouiller.
D'abord le titre man-
quoit abfolument, &
l'on fait que dans ce
fiecle philofophique,
où la loquacité du rai-
fonnement a remplacé
le génie de l'inven-
tion, ce n'eft pas une
chofe aifée que d'ima-

giner un titre piquant.

Un titre eſt à un Ou-
vrage, ce que le fron-
tiſpice d'un Bâtiment eſt
à l'édifice. Il faut qu'il
ſoit neuf, conſéquent &
invitatif. Ces trois conditions ne ſont pas aiſées à
remplir, & le ſont moins
encore à concilier.

Ce premier obſtacle,
j'en fais ici l'aveu, re-

A v

buta ma pareſſe. Naturel-
lement ennemi du tra-
vail , *il far - niente* eſt
ma plus douce occupa-
tion, & celle qui s'ac-
corde le mieux avec
mon caractere. D'ail-
leurs il ne falloit pas
feulement imaginer un
titre au manuſcrit dont
le haſard m'avoit rendu
poſſeſſeur ;   l'Ouvrage

entier avoit befoin d'ê-
tre refondu, remis en
ordre & recrepi à la
moderne. Les penfées
fans fuite, fans ordre &
fans liaifons, deman-
doiént une main habile
pour les placer dans un
cadre neuf & qui pût
mieux les faire reffortir.
En un mot, j'avois trou-
vé un affez bon tableau,

mais il avoit befoin d'une bordure travaillée avec art pour réuffir auprès des connoiffeurs.

Ces réflexions rabattirent beaucoup de ma joie, & refroidirent tout-à-fait mon zele. J'aurois volontiers fait au Public un cadeau dont fa reconnoiffance auroit bien fu me dédomma-

ger ; mais je ne voulois
pour cela prendre au-
cune peine : ſemblable
à beaucoup de gens , je
ne faiſois cas du produit
qu'autant qu'il n'étoit
pas une ſuite du travail.

Dans ces circonſtan-
ces j'appris qu'il exiſtoit
à Paris & non loin
de notre Couvent, un
Jeune-homme, qui ache-

toit volontiers des ma-
nufcrits pour les impri-
mer, & confacroit à
cette denrée un argent
que bien d'autres em-
ploient beaucoup plus
mal. J'imaginai qu'il ne
me feroit pas difficile de
lui vendre le mien, & je
bâtis là-deffus l'édifice
d'une petite fortune. Je
me trompai cependant,

le bon tems étoit paſſé.
Souvent dupe, preſque
toujours malheureux ,
& cependant rarement
plaint, le Célibataire
avoit pris la ferme réſo-
lution de ne plus impri-
mer que ſes propres Ou-
vrages ; trois éditions
conſécutives d'un petit
Opuſcule moral , que
tout le monde a voulu

lire en dépit des *Petites Affiches*, ont prouvé qu'il n'avoit pas tout-à-fait tort de préférer ſes enfans légitimes à des fils adoptifs, dont l'ingratitude ou le mauvais naturel avoit juſqu'ici trompé ſon attente.

Il me reçut honnêtement, me conta ſes malheurs, m'expliqua ſes

réfolutions , & refufa
mon manufcrit. Ce n'é-
toit pas là mon compte;
cependant je plaignis les
uns, je ne pus m'empê-
cher d'approuver les au-
tres, mais je nevoulus jamais remporter le troi-
fiéme; & j'obtins après
beaucoup d'inftances
qu'il confentiroit au
moins à lire ce qu'il ne
vouloit pas acheter.

J'avoue que je fondois fur cette lecture quelques efpérances. Un Ouvrage dans le genre cynique, fpécialement dirigé contre les femmes & les gens du monde, devoit naturellement plaire à l'Auteur des *Réflexions Philofophiques fur le Plaifir ;* exciter fon enthoufiafme, réveiller son ardeur, & ranimer en lui cet amour de la vertu, & cette haine profonde du vice, que neuf mois de silence sembloient avoir endormis.

Je ne me trompai pas tout-à-fait. Lorsque je fus le revoir, il parut desirer que l'Ouvrage fût imprimé; mais il

n'en étoit pas pour cela
plus difpofé à en pren-
dre fur lui les rifques, &
l'indifférence des grands
pour tout ce qui peut les
rappeller dans le fentier
du devoir, n'étoit pas
propre, en effet, à lui
faire tranfgreffer fa ré-
folution.

On dit que les Capucins
font de braves gens, &

le Célibataire lui-même en a fait un très-bel éloge dans son dernier Ouvrage. Je profitai de cette disposition favorable en notre endroit, pour mettre au moins son zele à profit, désespérant absolument de mettre sa bourse à contribution. Je lui persuadai de trouver un titre à l'Ouvrage, de le

r'habiller à la moderne,
d'y mettre tout ce qui y
manquoit, c'eſt-à-dire
du ſtyle, de la clarté,
de l'ordre & de la philo-
ſophie ; en un mot, d'en
devenir au moins l'Inſti-
tuteur, puiſqu'il ne vou-
loit pas abſolument en
être le parain. Mon élo-
quence (& l'on ſait ce
que c'eſt que l'éloquen-

ce d'un Capucin) parut
l'ébranler , il promit
tout & tint davantage.
Cela m'a prouvé , en-
tr'autres chofes, qu'il ne
vit guère dans la *Bonne-
compagnie*, où l'on fait
ordinairement tout le
contraire; car, lorfque je
retournai pour l'encou-
rager dans fon travail,
je le trouvai entiérement

terminé, &même enri-
chi de notes, & autres
petites fournitures en
ufage dans les falades foi-
difant philofophiques.

Il me remit le tout à
deux conditions : la pre-
miere, que je joindrois
une Préface de ma fa-
çon, qui feroit en quel-
que forte l'hiftorique de
l'Ouvrage, & une ma-
niere

niere honnête d'appren-
dre au Public ce dont il
eſt néceſſaire de l'infor-
mer pour qu'il y com-
prenne quelque choſe.

La ſeconde , que je
l'imprimerois aux dé-
pens des fonds de notre
Communauté, dont il ſe
chargeoit ſeulement de
faire les avances ſous
notre garantie ſolidaire.

I. Part. **B**

Perſuadé qu'en Littérature comme en ordre judiciaire, celui qui répond paie, je ne balançai pas un inſtant à ſouſcrire à tout, bien aſſuré de n'en pouvoir être la dupe. J'eſpere que le Public ne fera pas repentir le Célibataire de ſon honnêteté, ni moi de ma confiance. Il eſt tems de le laiſſer parler lui-même ; c'eſt ſon métier , & il s'en acquittera ſans doute mieux que moi. Ce n'eſt pas beaucoup dire , à la vérité ; mais quand on fait ce qu'on peut , n'a-t-on pas quelques droits à l'indulgence ?

Je ne finirai point cette Capucinade ſans préve-nir le Public que l'Ou-

vrage que nous lui don-
nons eft véritablement
fort ancien, ce que j'ofe
lui certifier, foi de Ca-
pucin indigne. En con-
féquence nous nous em-
preſſons de défavouer
toutes clefs, interpréta-
tions malignes, portraits
fatyriques ou aplications
perſonnelles que l'on
pourroit en faire. Dans

tous les fiecles & dans
tous les pays les hommes
ont eu les mêmes paf-
fions & les mêmes vices.
La forme feule en a varié,
& les mœurs ont tou-
jours été fubordonnées
aux caracteres, dans la
même proportion que les
modes le font aux capri-
ces qui les enfantent.
Cela me conduiroit na-

turellement à une belle
differtation philofophi-
que ; mais il ne faut pas
tout dire, même lorf-
qu'on eft Capucin, ou
que l'on n'a rien à per-
dre, (ce qui, comme
l'on fait, eft à-peu-près
fynonyme.)

I. K. L.

AVERTISSEMENT

Du Célibataire:

(Néceſſaire à l'intelligence de cet Ouvrage.)

ON vient de lire dans la Préface du R. Frere Mineur du Tiers-Ordre de S. François, l'Hiſtoire de la Lorgnette, que nous offrons aujourd'hui au Public. On a vu comment, après être tombée dans ſes mains, elle eſt paſſée dans les nôtres ; il nous reſte à parler

B iv

de l'ufage que nous préten-
dons en faire.

D'abord le titre prêtera
beaucoup à la critique, &
c'eſt déjà quelque choſe.
Lorſqu'on publie un Ou-
vrage, il faut ſe dépêcher de
faire la part de l'Envie, comme l'on fait en Angleterre
la bourſe des Voleurs. Heu-
reux ſi elle ne s'attache qu'aux
préliminaires, ou qu'elle at-
tende pour mordre le Livre,
que le Public en ait déterminé
le ſuccès. Nous oſons l'eſ-

pérer d'autant mieux, que
ce n'est pas aux productions
indifférentes qu'elle s'attache
préférablement.

Il seroit donc inutile de
dissimuler à l'honorable Lecteur que nous avons seulement
prétendu décorer notre livre
d'un *Titre nouveau*, sans trop
nous embarrasser du reste.
Que ce titre soit bisarre, impertinent ou ridicule, ce n'est
plus notre affaire; il suffit qu'il
stimule la curiosité, & qu'il
donne envie de lire l'Ouvrage.

B v

Lecteurs blafés & difficiles ! qui formez la fleur de la *Bonne compagnie* par excellence, paffez-nous condamnation fur notre titre, & nous vous revaudrons bientôt cette indulgence. Nous vous avons laiffé Mefmerifer, Aéroftatifer, ou, ce qui revient au même, Badauder tant que vous avez voulu ; laiffez-nous donc une feule fois en notre vie *Lorgner* auffi tout à notre aife.

Vous nous avez accufés de

cynifme & d'impudence dans nos *Réflexions fur le Plaifir;* c'eft en partie pour nous difculper de ce reproche, que nous vous livrons cet Opufcule; nous efpérons qu'après l'avoir lu, vous louerez notre politeffe antécédente & notre indulgence primitive.

Le Capucin, dans fa Préface, n'a pu vous apprendre le nom du premier Auteur de la Lorgnette. Nous ne fommes pas plus favans ni mieux

informés. Mais quand nous le
saurions, nous n'en garde-
rions pas moins le silence, &
vous devinez bien pourquoi.

Des Réflexions morales
& philosophiques ne doivent
guère amuser les gens du
monde. La laideur fuit les
spéculatoires, comme le vice
recherche la flatterie ; mais il
se peut trouver quelques personnes à qui ce Livre convienne, & quand sa publicité
n'opéreroit qu'une conver-
sion, ce seroit toujours très-

satisfaisant pour nous , &
plus que nous n'aurions jamais ofé nous promettre de
notre zele & de nos foins.

Que la relation du Capu-
cin foit l'hiftoire ou le roman
de cet Ouvrage, c'eft ce que
nous laiffons à pénétrer à la
fagacité de nos Lecteurs. Le
Public n'aime pas qu'on lui
dife tout ; & nous nous garderons bien d'infulter à fa
pénétration , par une confi-
dence plus étendue.

Quoi qu'il en foit , que la

Lorgnette Philosophique ait été imaginée dans le seiziéme ou dans le dix-huitiéme siecle ; que ce Livre soit ancien ou moderne , ravitaillé ou construit à neuf, vieux manuscrit ou nouvelle brochure , c'est ce qu'il importe fort peu d'approfondir. Il faut le juger tel qu'il est , & non tel qu'il a pu avoir été. Son existence actuelle est la seule qui puisse intéresser le Public, & il ne ressemblera point à ces Courtisans révérés dont

on refpecte les titres, fans
fonger à leur perfonne, (ou
même en y fongeant, ce
qui eft encore pis).

Refte l'article des applications que le Capucin n'a
fait qu'effleurer, & fur lequel nous croyons devoir
nous arrêter un moment,
au rifque de faire paffer notre Avertiffement pour un
commentaire de fa Préface.

EN fait de perfonnalités &
d'applications, l'on ne con-

noît point en France de principes certains, & d'après lesquels on puisse asseoir un raisonnement. Essayons d'en poser quelques-uns.

Nous n'agiterons point cette question, si la censure du moraliste seroit utile à la société, comme les fonctions des Censeurs l'étoient à Rome. La discussion de ce problême philosophique nous entraîneroit dans des détails qui ne plairoient pas à tout le monde, & nous ne voulons fâcher personne.

Il s'agit seulement de savoir où le pinceau de l'observateur peut s'arrêter sans blesser les convenances sociales, & si la Satyre qu'on a trop souvent affecté de confondre avec la calomnie, n'a pas des droits aussi sacrés qu'imprescriptibles.

Despréaux, qui en ce genre comme en beaucoup d'autres, sera toujours un modele unique & un législateur respectable, Des-

préaux nous a prouvé que la
Satyre differe du libelle autant que la franchise est éloi-
gnée de l'adulation. Il a par
ses Ouvrages immortels,
posé les bornes du genre, &
lorsque l'on a lu Perse, Mar-
tial, Horace, & sur-tout
Juvénal, on doit convenir
que le Poëte François a plutôt resserré que franchi les
limites de son empire.

Laissons donc aux Philo-
sophes modernes le soin de
prouver que le Chantre du

Lutrin eſt un Poëte *ſans ſeu,
ſans verve & ſans ſécondi-
té*(1);. . . . .
. . . .
. . . .
. . . .
. . . . & nous bor-
nant à conſidérer Deſpréaux
ſeulement comme moraliſte,
examinons ſuccinctement ſi
ſon exemple doit encoura-
ger notre franchiſe , ou ral-
lentir notre zele.

_____

(1) Expreſſion de M. Marmontel,
Secrétaire perpétuel de l'Acad. Franç.

Si c'eſt rendre ſervice à ſa patrie, & bien mériter de ſes concitoyens, que de pourſuivre le vice avec les armes du ridicule, qui oſera conteſter l'utilité de la Satyre? Les loix qui puniſſent les délits & les crimes, ſont impuiſſantes contre certains attentats, dont la ſociété ſouffre ſans en être troublée, & qu'il eſt réſervé au Poëte comique, ſatyrique, & ſurtout obſervateur, de rechercher & de frapper de ſa fou-

dre vengereſſe. C'eſt ainſi que
les Tartuffes, les Joueurs, &
les Glorieux ſe ſont vu flé-
trir tour à tour du ſceau du
ridicule, ſans que pour cela
Moliere, Regnard, ni Deſ-
touches ayent outre-paſſé
les bornes de leur pouvoir.
On ſait qu'Ariſtophane avoit
étendu ſes droits beaucoup
plus loin ; mais il écrivoit
dans une République, & le
Théâtre d'Athènes n'étoit
pas gouverné par des Ar-
chontes.

La Bruyère, ce Philoſo-
phe immortel, l'honneur de
la Nation Françoiſe, & le
digne ſucceſſeur de Théo-
phraſte, la Bruyère, dans
un autre genre, mais qui
tient aux mêmes intentions,
a pouſſé très-loin les droits
de l'obſervateur. Il a non-
ſeulement tracé des peintu-
res générales; mais on ſait
que ſes portraits ont donné
lieu à beaucoup d'applications particulieres, & que
nous avons pluſieurs *Clefs*

de ses *Caractères.* Jamais cependant ce grand Moraliste
n'a essuyé de persécutions,
& son généreux courage n'a
point eu d'autres revers à
soutenir que la haine des
sots, & la rage impuissante
de ceux qu'il avoit peints
dans ses Ouvrages.

D'après ces exemples fa-
meux, qui osera douter &
des droits du Philosophe observateur, & de l'étendue de
son domaine, & de la liberté
de sa puissance ? Tout est

foumis à fon empire, & depuis le Roi jufqu'à l'Artifan,
depuis le Magiftrat jufqu'au
Praticien, depuis la Ducheffe orgueilleufe jufqu'à l'hum-
ble Harangere, aucun individu n'a droit de fe plaindre
de fes écrits, dès que fon
nom n'eft point au bas de fon
portrait.

Ces principes une fois
admis, & nous croyons que
l'on ne pourroit fans prévention, fe refufer à leur
évidence, nous ne crai-
gnons

gnons plus les vaines cla-
meurs de ceux qui nous ac-
cuferont d'avoir braqué fur
eux notre Lorgnette philofophique. Le Public fera le
juge de nos intentions, &
le défenfeur de nos maxi-
mes. Il confeillera prudem-
ment à ceux qui s'en croi-
ront offenfés, d'en profiter
en filence, & de ne point
attirer les regards de la ma-
lignité fur des vices ou des
défauts qu'il vaut mieux tâcher de corriger, que pal-

I. Part. C

lier avec orgueil, ou foute-
nir avec effronterie. Alors
l'Auteur, l'Editeur & le Capucin (2) n'auront qu'à s'applaudir de leur Ouvrage, &
fe hâteront d'en publier un
nouveau pour prouver que
ce fiecle de lumiere, de raifon, de Mefmerifme & de
philofophie n'a pu exifter que
dans le meilleur des mon-
des poffibles. C. Q. F. D.

(2) Nous ferions tentés de croire
qu'il y a quelque myftere caché fous
cette dénomination, & que ces trois
Meffieurs ne font qu'une même perfonne, *Note des Editeurs.*

AVIS

AU LECTEUR.

On sent qu'il eût été facile de classer par ordre de matieres les différentes Réflexions, Pensées ou Apophthegmes qui composent cette Brochure : on auroit pu, à l'exemple de l'estimable & ingénieuse Mademoiselle de Sommery, dans son excellent livre des Doutes sur quelques opinions reçues dans la Société, les ranger sous divers titres qui eussent composé autant de chapitres. Nous avons été tentés d'abord de suivre cette marche ; mais réfléchissant

C ij

qu'un peu de confusion jetteroit
en même-tems de la variété dans
un Ouvrage, que son peu d'é-
tendue dispense d'être méthodique;
que de cette diversité de matieres
naîtroient peut-être des contrastes
piquans, souvent agréables par
leur originalité, nous avons préféré de ne suivre aucun ordre ré-
gulier, & le Législateur du Par-
nasse, lui-même, semble nous
avoir tracé cette route lorsqu'il
dit dans son Art poétique,

Voulez-vous du Public mériter les amours?
Sans cesse en écrivant variez vos discours;
Un style trop égal & toujours uniforme,
En vain brille à nos yeux : il faut qu'il nous
endorme.

Nous nous estimerons très-heureux

fi la peur d'un mal *ne nous a pas conduits dans un pire, & fi, au lieu d'endormir les Lecteurs blafés, nous n'avons pas tenus peut-être un peu trop éveillés les Lecteurs difficiles.*

Un Ecrivain qui lâche un Ouvrage reffemble affez à un Médecin qui traite une maladie. Obligé de fonder le goût du Public, comme l'Efculape de tâter le tempérament du malade, ce n'eft qu'à force d'approximations que l'on peut parvenir à connoître le goût de fes Lecteurs. Encore lors même qu'on l'a trouvé faut-il favoir le ménager avec art pour ne

C iij

pas l'émousser dès l'abord. Une
Cuisine un peu relevée ne déplaît
pas, & flatte au contraire agréa-
blement les houppes nerveuses
d'un palais délicat. Mais si les
épices sont trop multipliées, si la
dose n'en est pas dirigée par la prudence, vous excoriez ce qu'il ne
faudroit que chatouiller légére-
ment; votre ragoût est manqué, &
l'on donne le Cuisinier à tous les
diables.

Telle est précisément l'histoire
de l'Ecrivain, & sur-tout de l'E-
crivain moraliste. Ce n'est pas le
tout d'être un bon observateur,
il faut encore qu'il sache à fond

l'art du Maître Queulx, & même
celui de l'Apothicaire. On a
rendu justice à nos connoissances
dans cette derniere partie ; c'est
à l'honorable Lecteur de décider
si nous avons également mérité son
indulgence pour la premiere. Une
nouvelle édition bien plus que les ju-
gemens de MM. les Compositeurs
à la feuille, nous apprendra si nous
avons réussi dans nos projets , &
si le fiel distillé dans l'absinthe
dont nous avons assaisonné notre
Lorgnette, a paru mitigé con-
venablement par les ingrédiens
plus doux que nous avons tâché
de répandre dans sa confection.

C iv

Dernier Préliminaire.

La justification de cet Ouvrage ayant forcé de laisser un blanc dans cet endroit, nous nous empressons de le remplir, en annonçant au Public, (si toutefois le Monstre Amphibie , les Almanachs, les Charlatans & les Oranges lui permettent encore de songer à quelque chose), que le *Coup-d'œil philosophique* annoncé par l'Auteur dans la troisième édition de ses *Réflexions Philosophiques*, n'est point interrompu comme certaines gens mal intentionnés ont voulu le faire croire : mais que la vue du pauvre Célibataire, fatiguée par l'exercice continuel de sa *Lorgnette* , a besoin de se reposer quelque tems pour recouvrer sa perspicacité naturelle.

LORGNETTE

PHILOSOPHIQUE.

§ I

Je ne vois que les fots heu-
reux dans le monde. Ils ne fen-
tent point ce qu'on leur dit ; ils
admirent tout, ou ils n'admirent
rien. Ils n'ont point d'envieux,
point d'inquiétude. Ils fe conten-
tent de tous les plaifirs ; ils par-
viennent aux plus grandes dignités, & font ordinairement les

C v

plus riches. Modigr voudroit n'avoir jamais écrit, & être tout-à-fait fot.

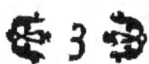

Il n'y a que les petites folies hors d'œuvre qui conduifent aux Petites-Maifons. Les grandes menent à la fortune, & celles qui font de mode, à la confidération. C'eft ainfi que l'on réuffit fouvent dans le monde par la raifon des contraires.

❦ 3 ❧

L'univers peut fe comparer à

une grande falle de Bal. Les
fots en font les honneurs; ils y
rient, ils y danfent, ils y boi-
vent. Les fages au contraire fe
tiennent fous le mafque dans un
coin, obfervant tout, ne difant
mot, & braquant de tous côtés
leur Lorgnette philofophique.

§ 4

Une perruque in-folio, un
rabat à glands, un chapeau en
parapluie, un habit noir taillé
en fac, quelques grands mots de
latin ou de pratique, tout cela
joint enfemble, fait *prefque* un

Médecin, un Prédicateur, ou
un Avocat.

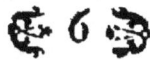

Les mots anciens font ref-
pectables parce qu'ils naquirent
des befoins. Les mots nouveaux
font ridicules parce qu'ils naif-
fent des fuperfluités. Quoi de
plus infupportable que le dic-
tionnaire d'un Petit-Maître ou
d'une Coquette, c'eft-à-dire des
trois quarts des gens avec lefquels on eft obligé de vivre?

Bien des gens fe taifent par

amour-propre ? (Eh plût à Dieu que cet amour-propre fût plus commun !) On craint de hafarder un difcours qui faffe rire, de décéler fon ignorance par quelque phrafe, de ne pas fe tirer avec honneur d'un entretien. On defire & l'on craint de parler. Il y a plus de perfonnes dans le monde qui rougiffent par orgueil que par modeftie, & ma Lorgnette m'apprend que cela eft fort fimple.

7

La vraie modeftie eft rare, mais on la retrouve encore quel-

quefois même chez les Auteurs.
La fauffe eft tout-à-fait paffée de
mode , parce qu'on a reconnu
qu'elle n'étoit autre chofe qu'un
rafinement d'orgueil , & qu'en
ce genre il vaut encore mieux
être vain de bonne foi , que
modefte avec hypocrifie.

8

Luminas apprend à qui veut
l'entendre qu'il préfere fes Tragédies à celles de Voltaire , &
en cela je le conçois fort bien.
Il ajoute qu'il eft le Poëte du
fiecle , le génie par excellence ,
& que fes Ouvrages refteront.

Tout cela eft à merveille , &
Luminas a raifon, s'il trouve
des gens affez bons pour le croire :
mais Luminas ajoute à ces éloges,
des plaintes fur le peu d'égard
que le Public accorde à fes
productions , & il a tort. Car
s'il faut opter entre fes louanges
ou fes récriminations, fes Lecteurs ne refteront pas long-tems
indécis.

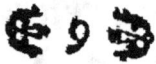

Il y a cent à parier contre
un que bientôt nous retombe-
rons dans la barbarie. Nous
avons tant épluché les modes ,

tant rafiné fur les ragoûts, tant retourné les meubles & les ajuftemens, que raffafiés, épuifés & excédés de jolies chofes, nous redemanderons le gothique, comme quelque chofe de neuf, nous l'adopterons, & nous voilà revenus tout naturellement au quatorziéme fiecle.

❧ 10 ❧

La vérité n'eft réellement belle que lorfqu'elle eft nue. Mais on l'a tant ornée de pompons, d'agrémens & de fanferluches, qu'on en a fait une mafcarade.

11

Tout homme qui poſtule des graces eſt un volant. Les Miniſtres qui jouent à la raquette ſe le renvoyent de l'un à l'autre juſqu'à ce qu'il vienne à tomber ; alors le jeu ceſſe, & le volant reſte à terre.

12

Les gens du monde d'aujourd'hui ne nous offrent que différentes manieres d'être durs ; on rafine ſur l'avarice & l'inhumanité, comme l'on rafinoit autrefois ſur la douceur & la bienfaiſance.

☞ 13 ☜

Un Poëte eſt comme un Pâ-
tiſſier. On peut ſe paſſer de
vers, on peut ſe paſſer de gâ-
teaux feuilletés. Mais un Moraliſte qui inſtruit les hommes,
& les amuſe en les éclairant, eſt
le vrai *Nourriſſeur* de l'ame, &
ſon exiſtence eſt néceſſaire à
l'harmonie de toute ſociété bien
policée.

☞ 14 ☜

Quelques phraſes découſues,
quelques exclamations hors
d'œuvre, quelques traits hardis,
quelques ſaillies libertines, quel-

ques pensées singulieres : voilà
ce qui constitue les écrits modernes, & sur quoi Mothas,
Uryma, Martelmont & autres
Philosophes Sirapiens fondent
leur immortalité.

❧ 15 ☙

Je voudrois qu'il fût d'usage
d'appeller un bon Auteur Votre
Excellence, & la plupart des
Grands, Votre Impertinence.
Chaque animal ne doit - il pas
avoir un nom qui le caractérise ?

❧ 16 ☙

Tout ce qu'on chante doit

être noté, tout ce qu'on dit doit
être imprimé : c'eft le génie du
fiecle. On dreffe une manufac-
ture de livres de mufique & de
philofophie, comme l'on établit
une Fabrique de Draps, d'In-
diennes ou de Sparterie.

❦ 17 ❧

Lorfque je vois deux Ecri-
vains qui fe battent, il me
femble voir deux perfonnes qui
s'efcriment à coups de curedent.

❦ 18 ❧

Quelle eft cette efpece de
petit finge tout vieux & tout

ratatiné que j'apperçois au bout
de ma Lorgnette ? Ah ! comme
il eſt gonflé de pédanterie, de
grec & d'impertinence. Fier de
ſa baſſeſſe , orgueilleux de ſa
nullité , jaloux de ſon inſuffi-
ſance , il rampe , aboye &
mord tout à la fois ; & ſi je ne
ſavois qu'il affiche des mœurs
& de la religion, je le prendrois
pour un Philoſophe.

✥ 19 ✥

Il n'y a point de rapſodies
qu'on n'ait miſes en hiſtoire ,
point de ſermons qu'on n'ait re-
fondus en diſcours moraux ,

point de roman qui n'ait pro-
duit des élégies, des chanfons
& des épigrammes. En vérité,
les boutiques de nos .Libraires
ne font plus guère aujourd'hui
que des magafins de fottifes.

 20

Je vais à Sirap pour m'inf-
truire, & je n'y vois que des
papillotes & des vifages fardés.
Les femmes y font en chemife,
les hommes en lévite. La fottife
a revêtu toutes les formes, épui-
fé toutes les modes, chauffé
tous les ridicules. Il faudra bientôt retourner à la décence & au

bon goût, faute de pouvoir imaginer des extravagances nouvelles.

21

J'entre dans un cercle com-
poſé de l'élite de la bonne Compagnie. J'entends parler Théâtre
par des gens qui ignorent les
premieres regles de l'Art drama-
tique ; jouiſſances par des im-
puiſſans ; politique par des igno-
rans ; finance par des gens rui-
nés ; guerre par des Abbés ;
économie rurale par des femmes
galantes. Je ſors au plutôt, &
crois ouir des Eunuques diſ-

ferter fur les plaifirs du Sérail,
ou des Quinze-Vingts juger les
tableaux du Sallon.

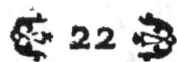 22

Impudence, audace, effronterie, tels font les trois principaux moyens de réuffir dans le
monde. Ceux qui veulent faire
plus rapidement leur chemin, y
ajoutent une dofe d'ingratitude,
& deux de flatterie, & voilà
comme l'on parvient aux dignités & à la fortune.

 23

Les noms d'Homere, de
Virgile

Virgile & de Cicéron paſſeront avec leurs Ouvrages à la derniere poſtérité ; & il y a dix-huit cents ans qu'on ne parle plus des Financiers d'Athenes ou de Rome. L'Hiſtoire nous apprend cependant qu'ils avoient tout ce qui mene les gens riches à la célébrité ; des vins exquis & un excellent Cuiſinier.

✥ 24 ✥

Ridax ſe félicite de ſes belles connoiſſances. Fils d'un Bourgeois enrichi, il ſe trouve dans le centre du plus beau monde. Il eſt admis aux pétits ſoupers,

I. Part.   D

il fait tous les foirs fa partie
avec la Ducheffe de .... Jufqu'à
ce que venant à favoir que fa
Ducheffe eft une Actrice du tems
paffé, qui le joue & le fuce
depuis trois mois, il a honte de
lui-même, & il part brufque-
ment. Les Sirapiens ne font-ils
pas prefque tous des Ridax?

❦ 25 ❦

Mon Carroffe, ma petite Maifon, mon Cuifinier, mon Oran-
gerie ...... alphabet néceffaire à
tous ceux qui arrivent à Sirap.
Mais on crie cet alphabet bien
plus haut, & on le répete bien

plus fouvent lorfqu'on eſt homme
de rien. Demandez à d'Yſora.

26

Tout eſt enthouſiaſme chez
certains peuples & chez certaines gens. Ils ne parlent & n'é-
crivent que par exclamations. Ils
ſe font un jargon de tous les
ſuperlatifs, & les matieres qu'ils
traitent font à-coup-ſûr des riens.

27

Exécrable, odieux, épou-
vantable, horrible, adjeÊifs à
la mode pour exprimer les
choſes les plus ordinaires ; lorſ-

D ij

qu'on veut peindre de grands
fentimens ou des affections vives,
il faut néceffairement avoir re-
cours aux termes les plus fim-
ples, & la *douleur* dit plus que
le *défefpoir.*

❦ 28 ❧

Il y a des villes entieres qu'on
pourroit nommer des Ménage-
ries. On ne voit que du poil &
du plumage de couleurs différentes. L'on n'y entend que fiffler,
bâiller & hurler. Et l'on n'y attra-
pe que des coups de bec & de
grifles. Sanèrlo, par exemple,
eft de ce nombre.

❦ 29 ❧

Lorgnez les Sirapiens entre cinq & six heures du soir, & vous douterez s'ils méritent le nom d'hommes. Je leur pardonne cependant de courir le matin toute la ville en courtauts de boutique, & de paroître Seigneurs l'après-midi. Il est juste d'aller gagner le matin de quoi s'habiller le soir ; & ce n'est pas d'aujourd'hui que le luxe est alimenté par l'industrie. Car nous n'oserions lui donner son véritable nom depuis que tant d'honnêtes gens se mêlent de l'exercer.

30

Il y a des pays où les hommes font comme des abricots. On ne les choifit jamais dans leur point de maturité. On les met en place, ou trop jeunes, ou trop vieux.

31

La Jaloufie eft la plus terrible paffion qui puiffe agiter un cœur fenfible, & à-coup-sûr celle qui rend le plus fot un homme d'efprit. Le moyen de s'en guérir eft de tâcher de fe faire une raifon de certaines

chofes , & fur-tout d'éviter de
s'en affurer.

32

On a dit que les Moines ré-
vérencieux étoient comme des
cruches qui ne fe baiffoient que
pour fe remplir. On pourroit appliquer la même comparaifon
aux Courtifans qui font plus
demandeurs , moins méritans
que les Moines , & à-coup-sûr
bien plus inutiles.

33

Le véritable Amour eft très-
rare , & l'on fait que depuis
D iv

long-tems le pauvre compagnon
Fut enterré sur les bords du Lignon.
Mais il est remplacé par un sen-
timent faux, exagéré, vicieux
& pusillanime. On desire une
femme sans l'aimer, comme
on la possède sans l'estimer, &
comme on en jouit sans la chérir.

❦ 34 ❧

Le Luxe est poussé à un tel
point qu'il a rapproché tous les
états. Il faut avoir beaucoup de
tact & un coup-d'œil très exercé,
pour distinguer à Sirap le fat
roturier d'avec l'impertinent
grand Seigneur.

35

Lorſque les Femmes ont paſſé l'âge de plaire, elles enragent, & ſe font dévotes. Il faut qu'elles comptent bien ſur l'indulgence de Dieu pour lui offrir ainſi ce dont les hommes ne veulent plus.

36

Les Femmes ſont moins fauſſes qu'on ne ſe l'imagine. Plus fines que diſſimulées, plus diſcretes qu'hypocrites, elles ne ſe donnent plus guère la peine de jouer un ſentiment auquel on ne croit plus. Elles ſont coquettes ou....

D v

pis encore , & cela de bonne foi ,
tout uniment & fans fcandale :
c'eft encore un des bienfaits dus
à notre philofophie.

✿ 37 ✿

Le Jeu eft l'aliment des fots ,
l'élément des femmes , & le tour-
ment des gens d'efprit , trois
grandes raifons pour qu'il foit
toujours à la mode.

✿ 38 ✿

Damis donne un repas à quatorze fervices , il y invite dix-
fept perfonnes , il y allume quatre cens bougies. Croiroit - on

qu'une telle Fête a occupé tout Sirap pendant fix mois , & a fait écrire vingt brochures ?

❦ 39 ❧

Alcibiade voulant détourner l'attention du Public d'un deffein qu'il lui importoit de dérober à fa connoiffance, fit couper les oreilles & le mufeau de fon chien. L'hiftoire d'Alcibiade ne s'eft - elle pas renouvellée quelquefois depuis fa mort ?

❦ 40 ❧

Tout ce que defire un Marchand, c'eft de vendre ; tout ce

que demande un Acheteur, c'eſt
de payer le moins poſſible ; tout
ce que veut un Grand , c'eſt de
ne pas payer du tout. Nous connoiſſons une ville , où chacun
eſt ſatisfait ſelon ſon deſir ; mais
nous nous garderons de la
nommer.

⋐ 41 ⋑

Soixante vieux imbécilles ſe
raſſemblent tous les jours dans
un Jardin public pour commen-
ter les gazettes ; armer toutes
les Puiſſances ; balancer leurs
intérêts ; fronder les opérations
des gens en place , & régir le

Gouvernement. Le chef renchérit sur tous les autres par son ignorance & la profonde opinion qu'il a de lui-même. Il me semble chaque fois que je passe par-là, voir une Oie qui prêche aux dindons.

❦ 42 ❧

Sirap est sans contredit le lieu de l'Univers qu'il convient le mieux à un Philosophe d'habiter. Il y trouve des Sots, des Importans, des Coquettes, des Joueurs, des Auteurs & des Gens en place ; quelle ample moisson pour un observateur !

❦ 43 ❧

Sirap passe pour la ville la plus opulente de l'Univers, & c'est peut-être celle où l'on vit à meilleur compte. Pour 40 f. vous y faites un dîner de Fermier Général ; pour 6, vous satisfaites votre appétit : & le plus beau de l'affaire, c'est que vous ne faites la cour à personne, ce qui n'est pas vrai par-tout, même pour son argent.

❦ 44 ❧

On a remarqué que les Nations sérieuses aiment les Théâ-

tres bouffons, & qu'au contraire les Nations badines pré-
ferent les Théâtres graves &
austeres. Les Spectacles ne plai-
roient-ils donc à l'homme qu'autant qu'ils le tirent hors de lui-
même ?

❦ 45 ❧

Les Gens de Lettres ne plai-
sent dans la *Bonne - compagnie*
qu'autant qu'ils amusent. Les
gens du monde jaloux de toute
espece de supériorité , les dé-
gradent en cherchant à les avilir.
Ils devroient bien vivre entr'eux
davantage , & renoncer à une

société également faite pour énerver leur talent & corrompre leurs personnes.

46

Les Jeunes gens se font défaits petit à petit de leurs Lévites, de leurs Odeurs & de leurs gros Catogans ; s'ils pouvoient se défaire également de leur ton suffisant, de leur air d'importance, & de leur profonde ineptie, il est certain qu'ils en seroient un peu moins insupportables.

❦ 47 ❧

Les Femmes font comme les enfans. On les amufe avec des joujoux, on les endort avec des louanges, on les féduit avec des promeffes. Elles pleurent pour des riens, fe dépitent à la moindre contradiction, & s'emportent au moindre refus de leur obéir. Ce font, je le répete, de véritables enfans, mais des enfans qui gouvernent le monde.

❦ 48 ❧

Il exifte à Sirap, & dans quelques autres lieux, mais fur-

tout à Sirap, des êtres d'une
nature assez particuliere. Ils tiennent beaucoup du singe & du
chat, & cachent sous une figure
humaine des rapports très-évi-
dens avec ces deux animaux. Ils
font patelins, bateleurs & pol-
trons. Ils amusent les femmes,
font peur aux enfans, & ré-
voltent les hommes raisonnables.
On m'a appris le nom de ces
singuliers individus; mais je
ne le répéterai point, parce qu'il
ne faut pas tout imprimer.

✂ 49 ✂

Les Grands ont raison de

faire dire souvent qu'ils ne sont pas visibles ; la plupart doivent rougir de se faire voir.

❦ 50 ❦

Les gens riches qui ne voyent rien au-delà de leur Cuisinier, ont peine à se persuader que l'amour de la gloire ne soit pas une insigne folie. Toute considération personnelle leur est étrangere, & la considération relative dont ils sont assez modestes pour se contenter, ne les suivra jamais au - delà de leur salle à manger.

❧ 51 ☙

Aimer ſes enfans, vivre avec
ſa famille, travailler pour ſes
neveux : vieux uſage. La mode
de ne ſonger qu'à ſoi, de n'exiſter que pour ſoi, de ne travailler que pour ſoi, a prévalu.
Après nous le déluge, voilà la de-
viſe de preſque tous les Sirapiens.

❧ 52 ☙

La Coquetterie eſt aux femmes ce que l'air eſt aux oiſeaux.
Si cette paſſion ne fait pas l'é-
loge de leur eſprit, il faut
convenir au moins qu'elle ne

prouve rien contre leur cœur ;
car, à-coup-sûr, une Coquette
n'en a pas & n'en aura jamais.

❦ 53 ❦

L'Homme à la mode aujour-
d'hui c'est le *Contempteur*. Il est du
bon ton de mépriser tout, de n'ê-
tre content de personne, & de
s'ennuyer dans les lieux publics
presqu'autant que dans la *Bonne-
compagnie*, ce qui n'est pas peu
dire.

❦ 54 ❦

Et fugit ad salices, & se cupit ante videri.

Les Femmes comme l'on voit ont

toujours été les mêmes. Et si nous ne craignions de passer pour méchans , nous oserions ajouter qu'elles sont peut-être aujourd'hui meilleures qu'elles n'ont jamais été.

ᗜ 55 ᗜ

Le mépris de toutes les convenances sociales , l'oubli des devoirs les plus respectables, & l'audace la plus effrénée sur les objets les plus augustes & les plus saints ; voilà ce qui constitue le caractere de nos Jeunes gens à la mode. Il faudroit cependant plus d'étoffe qu'ils n'en

ont, pour jouer le rôle d'Ef-
prit-fort, & nous leur conseil-
lons de s'en tenir modeflement
à celui de fots de *Bonne - compagnie*, c'eft à-peu-près là le feul
qui leur convienne.

56

Je marche la tête haute dans
les rues de Sirap, & j'y coudoie
effrontément l'être important que
par-tout ailleurs il me faudroit
révérer. Je ne puis m'empêcher
de bénir au-dedans de moi ce
Pavé philofophique qui rétablit
ainfi l'égalité parmi les hommes.

❧ 57 ☙

Tout l'efprit du fiecle a paffé
dans les Dictionnaires & dans
les Almanachs. Il eft inconce-
vable combien cette derniere efpece d'Ouvrage s'eft multipliée
depuis quelques années. Une
collection complette coûteroit
plus de mille écus, & l'on a
pour 16 livres les Œuvres de
Moliere. Ce rapprochement nous
difpenferoit de toute autre réflexion, s'il n'étoit pas bon
d'obferver que les Almanachs
qui fe vendoient autrefois depuis
Noël jufqu'à l'Epiphanie, s'éta-
lent

lent aujourd'hui depuis le 25 Novembre jusqu'au 19 Février.

Pourquoi un homme qui n'est point *Monseigneur*, & à qui ce titre ne fut jamais dû, se laisse-t-il appeller de la sorte ? Pourquoi n'avertit-il pas les gens assez sots ou assez rampans pour le Monseigneurifer, de leur bassesse & de leur ignorance ?... Pourquoi ?... Ah ! pourquoi ? ... faut-il donc tout vous dire ?

❦ 59 ❧

Il y a des Hommes solem-
I. *Part.* E

nels qui femblent toujours re-
préfenter une décoration de
Temple ou de Théâtre. Ils ne
rient jamais, portent la tête
haute, & ne parlent que par
fentence. Ils donnent leurs avis
comme des ordres, & battent
des mains pour applaudir, comme
un Pédant donne des férules.
Scrupuleux obfervateurs de l'é-
tiquette qu'ils fe font faite, ils favent précifément jufqu'où ils doivent reconduire ceux qui les vi-
fitent, & de combien de lignes
courbes doit être une révérence.
Ils affignent des jours à leurs Ha-
bits pour paroître en public,

comme des heures à leurs Proté-
gés pour les voir en particulier.
Ces hommes ont-ils du mérite?
— Non. De l'esprit? — Non.
Du caractere? — Non. De la
sottise? Oui, oui, oui; quaran-
te-quatre pages d'affirmatifs.

✦ 60 ✦

Lorsque vous entendrez dire
constamment beaucoup de mal
d'un Etre quelconque, pariez à-
coup-sûr que ce n'est pas un
homme médiocre. L'Envie ne
s'attache qu'aux talens, comme
la Foudre ne tombe que sur les
grands édifices.

E ij

 61

La Modeſtie peut ſe comparer
à ces pieces antiques que l'on
admire, mais qui n'ont plus de
cours dans le commerce ; c'eſt
une vertu paſſée de mode, &
qui, faute d'être appréciée ce
qu'elle vaut, dégrade quelquefois ce qu'elle devroit toujours
embellir.

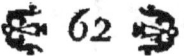 62

Il faut convenir que les gens
de la Cour ſont de grands en-
chanteurs. Avec quelques mo-
noſyllabes, & deux ou trois

révérences, ils font faire tout ce
qu'ils veulent, & rendent tout
le monde content.

❧ 63 ❧

Soit raison, soit prudence,
soit amour de sa conservation,
la fureur des Duels s'est singulié-
rement rallentie depuis dix ans.
Vous trouverez dans le monde des
gens qui vous soutiendront d'un
grand sang-froid que c'est un mal,
& que l'on est beaucoup moins
poli depuis qu'on ne s'entr'égor-
ge plus si souvent. Pour moi, ex-
cepté ces Spadassins tolérés qui
se décorent du nom de Maître *en*

E iij

fait d'armes, je ne vois perſonne qui puiſſe raiſonnablement ſou‑tenir une pareille theſe.

64

On ſe plaint de la multitude des Ouvrages nouveaux & du grand nombre des Auteurs, l'on a tort. Quel mal en réſulte‑t‑il? aucun aſſurément. Le commerce y gagne, l'inſtruction ſe multiplie, les lumieres ſe répandent dans toutes les claſſes de la ſociété, & à l'exception des méchans & des ſots, je ne vois pas trop à qui cela peut faire de mal.

❦ 65 ❧

Il eſt du bon ton de décla-
mer aujourd'hui contre le beau
Siecle de Louis XIV. L'on affecte de répéter que les Ouvrages qu'il a produits manquent abſolument de *Philoſophie*, &
qu'aucun des grands hommes
qui ont illuſtré ce regne à jamais
mémorable, n'eût pu ſournir un
ſeul article à l'Encyclopédie. Il
paroîtra peut-être extraordinaire
à quelques têtes raiſonnables
qu'on ne trouve pas de *philoſophie* dans les Tragédies de Corneille, de Racine, & dans les
bonnes pieces de Moliere.

E iv

❧ 66 ☙

Les femmes craignant d'être souvent trahies par leur confcience, ont imaginé l'ufage du Rouge. C'étoit affurément fort bien trouvé. Mais les chofes en font à préfent au point qu'elles peuvent quitter fans inconvéniens cette compofition *dégoûtante* & dangereufe qui nuit à la beauté, fans fervir la pudeur. On fait bien que de ce côté-là ces Dames n'ont plus rien à perdre.

❧ 67 ☙

On a tellement abufé de la Signification des mots, & dénaturé leur acception réciproque, que l'on eſt aujourd'hui le *Serviteur* de tout le monde ſans que pour cela on *ſerve* en effet réellement perſonne.

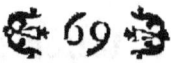 68

Je plains mes Enfans qui ont de l'eſprit, dit Clorinde; car s'ils étoient des ſots, ils feroient fortune comme leur Oncle : grande vérité que l'exemple confirme malheureuſement tous les jours. Rien ne nuit plus à l'avancement que la ſupériorité.

69

Les Philoſophes qui ne veu-

E v

lent pas ſe déshonorer gratuite-
ment, ont fait tomber la mode
des Epîtres Dédicatoires, & ils
ont bien fait. C'étoit un grand
ſcandale aux yeux de la vertu,
que ces fades adulations, proſ-
tituées par le talent à l'orgueil,
à la baſſeſſe & à l'ignorance.

Il y a dans ce moment à Sirap
plus de Dîners que de Dîneurs,
ce qui a diminué de beaucoup le
nombre des Paraſites. On ne voit
plus guère aujourd'hui que les
Grands Seigneurs qui le ſoient.

71

On déclame souvent contre les Moines, & l'on a tort. Ils vivent de leurs biens ; fructifient par la confommation territoriale le pays qu'ils habitent ; font, en général, inftruits, obligeans, humains, hofpitaliers; que ceux qui leur jettent la pierre fe rendent juftice à leur tour, & l'on ceffera bientôt d'injurier & de pourfuivre ces pauvres Solitaires.

72

On compte, dans Sirap feul, Quarante millions d'argent employés en Boucles de fouliers.

E vj

Ce réfultat, dont nous garan-
tiffons la vérité, n'eft - il pas
effrayant, fur-tout lorfque l'on
fonge à l'avantage qu'apporteroit
au Commerce une fomme auffi
confidérable, fi elle rentroit dans
la circulation.

❦ 73 ❧

J. J. Rouffeau a dit quelque part,
qu'il ne chercheroit jamais une
Maîtreffe à Sirap, mais qu'on
pouvoit y rencontrer une Amie.
Il nous femble que ce Philofophe juge les Sirapiennes avec
bien de l'indulgence, car nous
connoiffons beaucoup de gens

qui n'y ont encore trouvé ni
l'une ni l'autre.

⚜ 74 ⚜

Rien n'eft plus propre à dégoûter de la gloire que l'hiftoire des Réputations ufurpées.
Quand on penfe que M. de Voltaire ne paffera peut-être à la poftérité qu'avec cinq ou fix volu-
mes, il eft permis, je crois, de fe
défier de fes droits à l'immortalité,

⚜ 75 ⚜

Lorfque je vois dans le beau
Jardin des Illuirethes un faquin
de Marbrier favonner Brutus,

faire la barbe au vieux Anchife,
& fouiller de ſes groſſiers at-
touchemens la chaſte Lucrece ;
je ne puis m'empêcher de plaindre le fort de ces Héros infor-
tunés , que tant de gloire auroit
dû préſerver, ce me ſemble, d'une
deſtinée auſſi malencontreuſe.

⟨ 76 ⟩

Si la Beauté conſiſte dans la
régularité des formes , l'aſſemblage des traits nobles & fins,
la majeſté d'une taille propor-
tionnée , la fraîcheur & le colo-
ris d'un viſage agréable, elle eſt
aſſurément fort rare à Sirap :

mais s'il faut la chercher dans une tournure libertine , une mife provoquante , & un minois chiffonné , nous conviendrons volontiers que prefque toutes les Sirapiennes font Jolies.

❦ 77 ❧

Damis eft obligeant , gai , fpirituel , honnête , & perfonne n'a jamais eu à s'en plaindi e ; mais Damis fuit les Grands , abhorre le fafte , ne rougit point de fe confondi e avec les claffes les plus humbles de la fociété , en un mot , va fans fcrupule & va luimême à la Boucherie, à la Vallée,

& à la Halle. Lindor au contraire, méprise tout le monde, est hautain, dédaigneux, sot, tel, en un mot, qu'il faut être pour plaire à certaines gens ; mais il ne marche que dans un pompeux équipage, il ne souille point ses regards de ceux du pauvre, & n'a jamais dérogé à l'étiquette, premiere & seule loi des gens du monde .... On demande, lequel de Damis ou de Lindor a le plus de droits à l'estime publique?

❦ 78 ❦

Cléante entraîné dans une partie de jeu, & friponné par

des Meſſieurs de *Bonne - com-*
pagnie , n'a pu depuis huit
jours, s'acquitter encore tout-
à-fait d'une perte immenſe, qui
doit déranger ſa fortune & ruiner ſes Créanciers : Saint-
Firmin , qui, par une erreur de
nom, ſe trouve avoir reçu de pro-
vince une Lettre-de-change deſtinée pour un autre, en profite
ſans ſcrupule, trouve moyen de
ſe la faire payer , même avant
l'échéance , & tourne la choſe
en plaiſanterie lorſque le Pot *aux*
Roſes eſt découvert..... On demande lequel de Cléante ou de
Saint-Firmin a le plus de droits

à l'indulgence des gens du monde (3).

☙ 79 ❧

On peut comparer un Royaume à un équipage. Le Souverain en est le conducteur, les Ministres les roues, & le Peuple les chevaux. Si ce dernier est la partie la plus nécessaire, convenons aussi qu'il doit regner entre toutes une connexité réciproque, indispensable pour l'harmonie de tout régime social.

---

(1) Que l'on prenne garde que nous ne disons pas des Honnêtes gens, car alors il n'y auroit plus de Problème.

❦ 80 ❧

Les Femmes se plaignent journellement d'être délaissées, qu'on les quitte pour les Spectacles, les Clubs & autres lieux publics, que les hommes ont adoptés de préférence à leur société. Enfin la *Bonne-compagnie* se plaint qu'on l'abandonne : elle devroit plutôt s'appercevoir, ce me semble, que l'on commence enfin à lui rendre justice.

❦ 81 ❧

Il est du plus mauvais ton de passer l'Eté tout entier à Sirap, l'on auroit l'air d'un désœuvré.

Il faut néceffairement pendant la belle faifon aller battre les Châteaux d'alentour, y jouer bien ou mal la comédie, tuer quelques lievres qui n'en peuvent mès, & s'ennuyer par étiquette à la campagne, comme on s'ennuie par habitude à la ville.

82

Une des caufes que les Jeunes gens donnent de leur averfion pour le grand monde, c'eft l'efpece d'obligation où ils fe trouvent d'y paroître vêtus décemment. En effet c'eft une chofe bien cruelle que d'être forcé de quitter fon frac & fes bottes à dix

heures du foir, & de fe mettre
en frais de parure pour des gens
indifférens, & qui n'ont pas l'air
de vous favoir beaucoup de gré
d'une complaifance qui leur paroît un devoir. La belle Nogicy,
dans l'intention de s'attirer une
Cour brillante, a pris fur ce
chapitre le parti de la plus extrême indulgence. Admis chez
elle dans leur plus grand né-
gligé, les Jeunes gens y abon-
dent en foule, & lui offrent à
l'envi les moyens de fe dé-
dommager de l'abfence de celles
à qui cet oubli de l'étiquette paroît un crime de Leze-fociété,

✥ 83 ✥

Les Femmes vont au Spectacle moins pour *voir* que pour être *vues*. Jalouses de réunir exclusivement l'attention, elles se réjouissent de la chûte d'une Piece nouvelle qui permet de s'occuper d'elles. Mais c'est sur-tout à la sortie qu'elles veulent être admirées. Rangées sur les gradins d'un escalier spacieux, elles semblent être là à l'enchere, & demander à chacun, *voulez-vous de moi?* Plusieurs laissent passer cinq à six fois leur voiture dans l'attente des soupirans.

C'eſt le moment des *Parties* , & le lieu le plus commode pour tous les arrangemens de cette nature. Ce genre de coquetterie, qui n'a lieu que depuis quelques années , & dont les Etrangers ſont ſouvent dupes & victimes, a fait en peu de tems des progrès rapides. Enfin nous connoiſſons telles Femmes, qui calculant bien leur Journée , & ſachant à une heure près le prix du tems, n'arrivent au Spectacle que lorſque les autres en ſortent. Cela peut s'appeller , je crois , faire ſes *Affaires* avec préciſion.

✿ 84 ✿

Tel Homme s'eftime malheureux parce qu'il n'a que 30000
livres de rente, & que dix Valets
pour le fervir : tel autre avec
cent piftoles de revenu fe croit
au comble du bonheur. Tous
deux peuvent avoir raifon, parce
que tout eft relatif, dans ce meilleur des Mondes poffibles.

✿ 85 ✿

Ce n'eft guère que dans les
grandes villes, qu'un Philofophe
peut exercer avec fruit le talent d'obferver. Tout y eft pour
lui

lui matiere à réflexions, & telle chofe qui ne frappera pas feulement les yeux d'un homme du monde, fera pour l'Obfervateur une fource intariffable de méditations & de plaifir.

86

Il eft affez fingulier que le Spectacle le plus romanefque, celui qui parle le plus aux Sens & à l'imagination, foit précifément celui que la Jeuneffe de Sirap fréquente le moins.

87

Combien de gens, même à Sirap, ne favent pas le matin, où,

I. Part. F,

avec quoi, ni comment ils Dîne-
ront. Cependant à fix heures du
foir tout le monde a bien ou mal
dîné ; tant les reffources de l'in-
duftrie font fécondes, & tant la
miféricorde de Dieu eft infinie.

❦ 88 ❧

Jamais l'on ne s'eft plus occupé qu'aujourd'hui de la décoration des Appartemens, & de
leurs commodités relatives. Tout
le luxe eft concentré dans l'inté-
rieur, & l'on fait jufqu'à quel
point il y eft pouffé.... cependant
jamais on n'a été moins chez foi
qu'aujourd'hui. Plus les maifons

font agréables, & moins il femble qu'on les habite : cette manie ne feroit-elle pas une nouvelle preuve de la contradiction qui regne entre nos Mœurs & nos Actions? ou faut-il foupçonner qu'en fe fuyant eux-mêmes, nos Grands fuivent pour la premiere fois, peut-être, l'impulfion irréfiftible de leur confcience ?

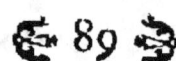 89

Si les Gens de lettres vouloient s'accorder entr'eux, il eft certain qu'ils gouverneroient le monde. Quand fe perfuaderont-ils donc enfin de la néceffité d'être unis ? De leur concorde naîtra

F ij

toujours leur confidération &
leur force : c'est une vérité dont
les gens du monde font tellement
perfuadés , qu'ils ne négligent
aucuns moyens pour brouiller les
Auteurs ; & il faut leur rendre
cette juftice , ils y réuffiffent fouvent , & favent tirer de cette
défunion , un merveilleux parti.

♔ 90 ♔

La Pêche & la Chaffe font
les deux principaux amufemens
de la Campagne ; mais l'un porte
à la réflexion , l'autre en détourne : c'eft pour cela fans
doute que le premier de ces
plaifirs convient aux Gens de

lettres, & le second aux gens du monde. L'homme de bien se retrouve volontiers avec lui-même;

Il n'en est pas ainsi des autres.

 91

Il est une Politesse plus humiliante que la fierté, c'est celle des Grands. Mais je ne vois plus guère que les gens du petit peuple qui veulent bien encore y croire. Pour peu que l'on ait quelque connoissance du monde, & sur-tout de la Cour, l'on sait apprécier ces simagrées bêtes & sottes inventées par l'Orgueil pour dispenser d'être honnête.

F iij

🕸 92 🕸

Fontenelle difoit : Lorfqu'un Grand veut fe familiarifer avec moi, je le repouffe avec le Refpect. Je fuis plus franc ou plus cynique que Fontenelle ; car j'avoue que je les repouffe avec d'autres armes !.....

🕸 93 🕸

Honefté vivere ; alterum non lædere ; fuum cüique tribuendi :

Maximes fondamentales de la conduite d'un galant - homme ; mais vous ne trouverez à-coup-sûr aucun de ces principes dans le Catéchifme, & moins encore peut-être dans le cœur de MM. les gens du Monde.

✤ 94 ✤

L'on affecte de méprifer l'U-
niverfité auffi-tôt qu'on en eft
dehors , & de traiter dans le
monde de *Pédans* , ceux qui
confervent encore quelques-uns
des bons principes puifés dans le
fein de cette mere à jamais refpec-
table. Cependant un bon Obfervateur muni d'une *Lorgnette* très-
ordinaire , trouvera , je crois ,
plus de Pédans au milieu de la
Bonne-compagnie , que dans tout
le *Pays Latin* ; & certainement
les premiers font bien plus infup-
portables, & à-coup-sûr bien plus
fots que les autres.

F iv

❦ 95 ❧

L'Education publique feroit
affurément celle qui convien-
droit le mieux aux gens du
monde s'ils favoient en profiter.
Elle entretient l'Emulation, dé-
veloppe l'Efprit, forme le Caractere, & polit les Mœurs. Je
voudrois feulement que les Maî-
tres n'oubliaffent pas fi fouvent,
que, dans les Colléges, l'égalité
doit être la bafe de l'inftruction
morale, & qu'un PRINCE *Eco-*
lier ne vaut mieux que fes Ca-
marades, qu'autant qu'il les fur-
paffe en connoiffances & en vertu.
Ce qui, felon notre Lorgnette,
a toujours été foit rare.

96

Je remarque que, depuis
quelques années, les femmes s'in-
troduifent dans prefque toutes les
Affemblées publiques. On les
trouve aux féances de la Société
Royale de Médecine ; à celles (moins intéreffantes à tous
égards) de l'Académie Françoife,
aux Munfées, à tous les *Cours*
poffibles, enfin jufqu'au Jardin
des Apothicaires. Ce n'eft pas,
je crois, l'inftruction qu'elles
vont chercher dans ces différens
Lycées plus ou moins *Académi-*
ques. Qu'y vont-elles donc chercher ? — *Se faire voir.*

F v

🙰 97 🙰

Aux Difputes littéraires qui partageoient autrefois les Caffés de Sirap , & les métamorpho-foient en autant de Foyers d'in-ftruction , ont fuccédé des Dif-putes politiques qui ennuyent tous les gens d'efprit, & n'appren-nent rien aux autres. Après un Joueur je ne connois rien de plus bête ni de plus complettement fot qu'un *Nouvellifte*; il me femble voir un Enfant jetter des pierres contre un mur , ou bien un Lil-liputien effayer de mouvoir un Rocher.

 98

On fe plaint de n'avoir plus ni bonnes Pieces ni de bons Acteurs. On voudroit voir naître tous les dix ans un le Kain, un Préville, une Saint-Val, un Aufrefne, un Molé, & un Moliere. Mais il nous femble, qu'avant tout, il faudroit commencer par former un Public ; car celui qui fréquente aujourd'hui nos Spectacles, n'eft, à-coup-sûr, lui-même en état de former perfonne.

99

Defpréaux eft le Poëte des Gens de lettres, Corneille

F vj

celui des Héros ; Racine, celui
des Ames fenfibles ; M. de Voltaire, des enfans & des femmes.
Moliere & la Fontaine jouiffent
feuls du privilége (exclufif jufqu'à ce jour) d'intéreffer tous les
âges, de profiter à tous les états,
& de plaire à tous les efprits.

❧ 100 ❧

Il y a vingt ans que j'entends louer M. de Voltaire, & le
louer d'une maniere auffi exclufive
que révoltante. Je ne puis m'ac-
coutumer à ces éloges immodérés
qui rendront la poftérité très-fé-
vere fur le compte de cet homme

célébre ; & dût-on m'accufer de barbarie, j'aimerois mieux avoir fait *Rhadamifte*, que toutes les Tragédies de l'Auteur d'Irene.

✿ 101 ✿

Dans un fiecle qui fe pique de Raifon, de Philofophie, & principalement de Goût, dans un fiecle qui a remplacé immédiatement celui de Louis XIV, dans le dix-huitiéme fiecle, enfin (puifqu'il faut l'appeller par fon nom) un miférable Chantre de Bergeries a ofé dans je ne fais quel Poëme, proclamer M. de Voltaire,

Vainqueur des deux Rivaux qui partagent la Scene.

Les Gens de lettres se sont assemblés pour décider quelle espece de punition méritoit un tel blasphême. Plusieurs opinoient pour une amende-honorable aux pieds des tombeaux de Corneille & de Racine ; d'autres plus indulgens conseilloient seulement l'Ellebore ; mais avant que la délibération fût finie , l'on reçut par la petite Poste la nouvelle que le Blasphémateur venoit d'être élu Membre de la premiere Académie des Sirapiens.

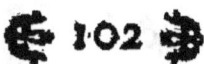 102

La Jalousie est à l'Amour, ce

que la fumée eſt à la flamme ;
celle-ci ne peut exiſter ſans l'autre : mais la conſéquence n'eſt pas
réciproque ; on voit de la jalouſie ſans amour, mais on n'a
pas encore vu, que je ſache,
d'amour ſans jalouſie ? A qui la
faute ? Meſdames, répondez....

103

Les Femmes de Sirap, à force
de s'entendre dire qu'elles étoient
aimables, n'ont plus fait aucuns
frais pour le devenir. Qu'en eſt-
il réſulté ? on les a petit à petit
abandonnées, & l'on s'eſt retourné vers celles que leur précaire
exiſtence engage à l'être en eſſet...

104

Si les Dames entendoient leurs véritables intérêts, elles employeroient tout leur art à cacher leur Coquetterie. L'on se méfie d'une embûche oftenfible, & le gibier ne se laiffe pas prendre au piége qu'il a découvert.

105

L'Homme Riche épuife de bonne heure tous les plaifirs, émouffe toutes fes fenfations, énerve toutes fes facultés. Dans l'âge le plus beau de la vie, il eft en proie à la confomption, à l'infenfibilité, à l'ennui, la plus cruelle des maladies de l'ame, & fur - tout au remords, plus cruel encore. Veut-il trouver la *véritable Jouiſſance*, la feule qui ne s'uſe point, & dont l'exercice multiplié ne peut qu'ajouter au bonheur?... *Qu'il eſſaye de faire du bien.*

❧ 106 ☙

La Bienfaifance *déſintéreſſée* eſt la plus aimable des vertus, mais c'eſt auſſi la plus rare. Combien de gens ne donnent qu'afin qu'on le fache, & qui, lorſqu'ils ont laiſſé échapper un écu de leurs mains avares, cou-

rent faire enregiftrer leur aumô-
ne dans le plus infipide, le plus
niais, le plus plat, mais par une
conféquence néceffaire, le plus
lu des Journaux Sirapiens.

107

L'on compte, l'un portant
l'autre, Quatorze Accidens par
jour occafionnés dans les rues
de Sirap par les Voitures. De
ces quatorze accidens mettons
qu'il n'y en ait que *fix* de
mortels, (& il y en a davantage,) cela fait donc par an
Deux mille cent quatre-vingt-dix
citoyens d'immolés au plaifir bar-
bare d'aller en Carroffe .... Ceci,

je crois, n'a pas befoin de commentaire.

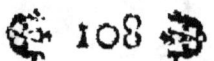 108

Beaucoup de Gens élevent les Onagils au-deſſus de tous les autres peuples, & prétendent que c'eſt dans leur Iſle feule qu'exiſté le Temple de la Liberté. Cette prévention me paroît injuſte, & je ne vois pas d'endroit dans le monde où l'on ſoit auſſi libre qu'à Sirap, quoi qu'en diſent les Frondeurs, les Nouvelliſtes, & fur-tout les *Philoſophes*. Notez bien que je parle de la *Liberté individuelle* ; quant à celle de la Preſſe.... c'eſt autre choſe.

❧ 109 ❧

Je ne connois pas au monde de meilleur peuple que les SIRAPIENS. Ils font doux, honnêtes, obligeans, confians, fpirituels & hofpitaliers. On les accufe d'être intéreffés & défians, cela peut être ; j'ai remarqué cependant que ceux qui leur faifoient ce reproche, manquoient rarement de les rendre leurs dupes.

❧ 110 ❧

Un homme d'efprit a dit affez plaifamment, que préfenter des ouvrages à la plupart des Libraires, c'eft offrir des couleurs à un Aveugle. Il eſt certain qu'ils vivent au milieu de leurs Livres, à-peu-près comme un Eunuque parmi les beautés du Sérail.

III

L'Egalité d'humeur eſt l'un des plus grands bienfaits de la nature, & l'une des plus aimables vertus ſociales. Je ne connois rien de plus terrible que d'être l'Amant d'une femme capricieuſe. Malheur à ceux qui s'y trouvent *forcés*. Je ne peux leur conſeiller qu'une entiere abnégation d'eux-mêmes, & une forte doſe de courage & de patience.

❦ 112 ❧

La Colere d'une femme reffemble beaucoup à un Ouragan:
les digues qu'on lui oppofe ne
font que redoubler fa fureur; mais
comme tout doit avoir fon cours
dans ce monde, il ne faut pas gê-
ner le fien. A tout prendre, la colere vaut mieux que l'humeur, &
je préférerai toujours la femme
emportée à la femme acariâtre.

❦ 113 ❧

C'eft une chofe étonnante
que la facilité avec laquelle les
Marchands de Sirap accordent

Crédit au premier Efcroc titré qui vient faire un enlevement dans leurs Magazins. Trompés mille fois, la *Qualité* leur en impofe toujours, &, autant ils mettent de répugnance à contracter des engagemens avec le Bourgeois modefte & fimple, autant ils apportent d'empreffement à fe faire ruiner par l'orgueilleux grand Seigneur.

114

Le Grand monde change les Paffions, comme le grand air les liqueurs fpiritueufes; il leur enleve leur énergie,

& ne leur laisse que leur amer-
rume.

⋐ 115 ⋑

Il n'y a peut-être pas de plus
grand Supplice (moral) que d'ê-
tre forcé de vivre avec quelqu'un
dont les principes font en tout
l'opposé des nôtres. Il n'y a
douceur ni patience qui puisse tenir à une pareille épreuve; & l'on
ne pourroit souhaiter un plus
grand malheur à son plus mor-
tel ennemi. C'est véritablement
le supplice inventé par Mezence :
demandez plutôt à certains
époux...& sans aller si loin E. C. R.
116

❦ 116 ❦

La Confidération-perfonnelle vous fuit en toute occafion & en tous lieux ; la Confidération-relative vous abandonne à chaque inftant. Qu'eft-ce qu'un grand Seigneur fans fon équipage?.... Qu'eft-ce qu'un Homme riche fans fon Cuifinier ?

❦ 117 ❦

C'eft moins fouvent encore l'avarice que la crainte de fe compromettre, qui empêche de Secourir les malheureux. On ne voit que pufillanimité lorfqu'il s'agit de venir au fecours d'un

I. Part.　　　　　G

opprimé , & l'on craint plus
d'offenfer un Grand , que l'on
ne defire faire une bonne action.

118

Je fuis les Hommes puiffans
comme un Voyageur prudent
s'écarte des buiffons d'épines :
ceux-ci vous déchirent , ceux-là
vous arrachent ; il n'y a de dif-
férence que dans la maniere , &
par conféquent qu'à perdre dans
le voifinage des uns & des autres,

119

L'Ambition n'a jamais été
ma chimere , & je ne conçois
pas que ce puiffe être celle d'une

tête tant soit peu raisonnable.
Un coup-d'œil sur les moyens
d'obtenir les faveurs de la Fortune, ou seulement un regard sur
la plupart de ceux qui les possé-
dent, ne doit-il pas suffire pour
dégoûter.

❦ 120 ❦

Le véritable AVARE est devenu fort rare, & c'est tant mieux;
mais l'Avare fastueux a pris la
place, & c'est tant pis pour la
société. Le premier au moins ne
faisoit de tort à aucun individu
particulier , & sa maniere de
jouir profitoit à ses héritiers. Le
second pour suffire à des dépenses

luxueufes, fe retranche les né-
ceffaires. Il fe ruine fans faire de
bien, finit par devoir à tout le
monde, & fa mort n'enrichit
perfonne.

❧ 121 ❧

Après les grands Seigneurs &
les petits Nouvelliftes fur lefquels
j'ai déjà dit ma façon de pen-
fer, je ne connois rien de plus
infupportable que l'Homme à
bonnes fortunes. C'eft, felon
moi, le rôle le plus plat que
puiffe jouer dans la fociété
un être tant foit peu raifonnable;
car, s'il fe vante fauffement, ce
n'eft qu'un impofteur; & dans

le cas contraire, l'Honorable Lecteur conviendra de bonne foi qu'il n'y a guère là de quoi en tirer vanité.

❧ 122 ❧

Je ne hais point qu'un Homme de mérite se loue quelquefois lui-même, & j'aime assez qu'il apprenne aux autres à l'apprécier. Je connois un *Peintre* célébre qui dit à tout le monde le plus grand bien de ses Tableaux, & je le lui pardonne d'autant plus volontiers que j'en pense encore davantage lorsqu'il me les montre. Dans tous les cas je crois qu'il faut mieux pouvoir justifier

fon Amour-propre que fa Modeſtie.

❦ 123 ❧

Cigogne a le col long, la
démarche niaiſe ; l'œil hébété.
Il ignore les premiers principes
de l'ortographe, & graces à la
nouvelle forme donnée à l'édu-
cation des Gens de fa forte, il n'a
jamais ſu un ſeul mot de latin, &
fon eſprit eſt à la meſure de ſes
connoiſſances. Cigogne s'avan-
cera rapidement, c'eſt moi qui
vous le prédis ; il eſt ſouple,
complaiſant, ne fera pas d'om-
brage à ſes Rivaux, & comme
il n'y a rien tel pour faire fortune

que d'être complettement fot ,
la fienne eft affurée.

❦ 124 ❧

Je manque d'appétit aux *Dîners* de la prétendue *Bonne-
compagnie* , & je dévore aux
Tables d'hôte. J'ai cherché long-
tems la raifon de cette préférence (que la qualité des mets ne
peut juftifier même au *Nom de
Jefus* (4),) & je crois l'avoir enfin
trouvée. Ne feroit-ce point parce
que la contrainte énerve l'appé-

(4) Le Nom de Jefus eft la meilleure Auberge
de Paris , pour le maigre & le rendez-vous de
toute la Nobleffe du quartier Montorgueil & rues
adjacentes , les Vendredi & Samedi de chaque
femaine. Cette Maifon tenue aujourd'hui par
Madame la Veuve Rouard , eft digne à tous
égards des fuccès dont elle jouit depuis long-tems:
Voyez pour le furplus la troifiéme édition des
Réflexions Philofophiques fur le Plaifir , page 56.

tit , & que la liberté le déve-
loppe ? Il eſt tout ſimple que
l'on mange beaucoup avec des
gens qu'on ne connoît pas , &
très-naturel que l'on ne mange
pas du tout avec ceux qu'on
connoît trop bien.

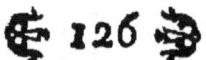

On a comparé la Cour à un
canal glacé. Tout le monde
gliſſe deſſus , beaucoup y tom-
bent , quelques-uns s'y ſoutien-
nent : mais gare le dégel .....

❦ 126 ❧

Si la Conſomption , l'Ennui ,

la Gravelle , la Goutte & les Vapeurs ne nous dédommageoient pas un peu , nous autres pauvres Diables , du bonheur des riches , nous ferions auffi par trop à plaindre. Mais la juftice diftributive y a pourvu par une forte d'égalité néceffaire au maintien de la fociété. Elle a donné à ces MM. l'argent & les dignités , à nous la fanté & la joie ; il me femble qu'à tout prendre nous ne fommes pas encore les plus mal partagés.

127

Duffé-je me faire fiffler par tous les gens de *Bonne - com-*

G v

pagnie, je foutiendrai qu'il n'y a pas de crime plus bas que l'Adultere. Séduire la femme de fon ami , la corrompre & en jouir fous le voile de la confiance , me paroît une chofe monftrueufe. Le Voleur (qu'on pend à la Greve pour un délit de 36 fols) eft affurément moins coupable. Jeunes gens, fongez que c'eft un CÉLIBATAIRE qui vous parle ainfi !

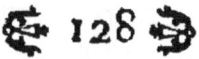 128

Les Comédiens fe plaignent des Auteurs , les Auteurs fe plaignent des Comédiens ; c'eft une difpute interminable & qui ne ceſſera, je crois, que lorſque les premiers pourront rencontrer de bonnes pieces, & les autres ſe procurer de bons Acteurs.

129

Y a-t-il rien de plus beau dans la nature que le coup-d'œil de la HALLE de Sirap l'Eté, vers trois ou quatre heures du matin? C'eſt l'aſſemblage des dons les plus brillans de Pomone & de Flore. C'eſt le réſultat de toutes les richeſſes des pays les plus fertiles ; l'Univers entier apporte ſes tréſors aux pieds des Sira-piens, qui, plongés dans un profond sommeil, reçoivent ce tribut constant & diurne avec une indifférence que je serois fort tenté de nommer ingratitude.

⚜ 130 ⚜

La fréquentation du Cabaret, & l'habitude de se voir souvent entr'eux, donnoit au caractere moral des Gens de lettres une énergie qui se répandoit dans leurs Ouvrages, & que le commerce du monde leur a fait perdre. Semblables à ces animaux sauvages que la domesticité énerve sans cependant les dénaturer tout-à-fait, ils font fortis de leur à-plomb ; & je crains que des deux côtés ils n'aient perdu l'équilibre.

❦ 131 ❦

Oronte a pris une maîtreſſe. Ce n'eſt ſûrement pas la beauté qui l'a guidé dans ſon choix, il ſuffit de voir cet objet préféré pour en être convaincu. Ce n'eſt pas non plus l'eſprit, il ſuffit de l'entendre pour en être perſuadé. Qui donc a pu ſéduire Oronte ? C'eſt ce que nous apprendrons de lui-même lorſqu'il aura ceſſé d'être amoureux ; ou (ce qui revient à-peu-près au même) lorſqu'il aura recouvré l'uſage de la vue.

❦ 132 ❧

Il n'y a point de pays au monde où les Femmes foient plus coquettes qu'à Sirap , & je ne crois
pas qu'il y en ait en même-tems
un où les maris foient plus tran-
quilles. Cette bénignité tiendroit-
elle donc à l'influence du climat ?
ou les Sirapiennes auroient-elles
trouvé le fecret d'avoir la paix ,
en pouffant à l'extrême ce qui par-
tout ailleurs eft un fujet de difcor-
de ? Cette queftion nous paroît
affez curieufe à réfoudre , & nous
invitons quelques-unes de nos
Académies à la propofer pour
fujet d'un *Prix de morale.*

✥ 133 ✥

Autres Queſtions pour les Amateurs. Pourquoi l'amour re-trécit-il toutes les facultés, même en doublant l'énergie de leurs ſenſations ? Pourquoi fait - il preſque toujours un ſot d'un homme d'eſprit, tandis qu'il pro-duit ſur les femmes l'effet con-traire ? Pourquoi enfin le mo-ment de l'aveu eſt - il celui du déclin de la paſſion la plus ar-dente ? Allons MM. les *Concou-reurs*, évertuez-vous.

✥ 134 ✥

Hélas ! tel homme qui a paſſé ſa vie à étudier les Femmes, va

fe trouver au bout de trente années d'obfervation & de tra-
vaux, la dupe du premier *minois
chiffonné* qui voudra s'amufer de
lui. Le cœur de ce fexe... aimable
eft un abyme immenfe, mais dont
les bords font enchantés. Perfonne encore, que je fache, n'a pu en
trouver le fond. Ces Dames en
s'applaudiffant elles - mêmes ,
rient de nos efforts, & de nous
voir perdre en méditations vaines
un tems qui pourroit même, auprès
d'elles, être beaucoup mieux em-
ployé ; il eft jufte d'en convenir.

135

Ce qui pique le plus une Femme n'eſt pas préciſément. le mal qu'on dit d'elle , c'eſt de ſavoir qu'on n'en parle pas du tout.

Soyons de bonne foi , cette Réflexion ne peut-elle pas auſſi s'appliquer un peu aux Auteurs ?

❦ 136 ❧

La Conſidération que le monde accorde aux divers Etats eſt preſque toujours en raiſon inverſe de leur utilité. On mépriſe le Boulenger qui nous nourrit ; on flatte le Turcaret qui nous dépouille ; on reſpecte le grand Seigneur qui nous opprime.

❦ 137 ❧

Je n'ai jamais compris com-

ment l'on pouvoit aimer la Mufique , & l'aimer au point d'en
entendre trois heures de fuite
fans ennui. Cet affemblage de
vibrations hétérogenes m'étour-
dit fans me plaire , m'importune
fans m'occuper , détourne mon
attention fans aller à mon cœur.
Le Son chaffe la Penfée , vérité
d'un très-grand fens , & qui nous
explique auffi le goût de beaucoup de gens pour la mufique.

⧫ 138 ⧫

Je me fuis toujours fort bien
trouvé du commerce des Méchans , & je demande la per-
miffion de les préférer à ces pré-

tendus *Bonnes* gens si communs dans la *Bonne-compagnie*. A tout prendre, la société d'un Méchant vaut toujours mieux que celle d'un *Sot* : l'on s'y amuse, l'on s'y instruit, l'on y profite ; sauf, après tout, à se tenir un peu sur ses gardes.

139

J'ai remarqué qu'il falloit presque toujours se défier des gens *Aimables*. Ils font payer cher à leurs amis ces succès de Société qui les enivrent en achevant de les corrompre. Boissy a fort bien réussi à peindre cet écueil dans son excellente Comédie des *De-hors Trompeurs*, l'un des Ouvrages les plus estimables qu'on ait mis depuis long-tems au Théâtre. Nous y renvoyons les incrédules.

❦ 140 ❦

La Coquetterie est à l'ame, ce que le feu est aux matieres ignescentes ; malheureusement elle ne brille presque jamais qu'aux dépens de ce qu'elle consume.

❦ 141 ❦

Un Proverbe Persan dit qu'on reçoit l'homme selon l'habit qu'il porte, & qu'on le recon-

duit felon l'efprit qu'il a mon-
tré. Je ferois affez tenté de
croire qu'on ne connoît à Sirap
que la premiere moitié de cet
adage.

❦ 142 ❧

Les Femmes de Sirap, car il
en faut toujours revenir à nos
Moutons, ont en général de l'efprit, mais elles ne reçoivent avec
plaifir que les louanges données
à leur beauté. Tant il eft vrai
qu'un penchant fecret nous porte
à courir après ce qui nous manque ; feroit-il donc vrai que ce fût
une efpece de juftice intérieure
que l'on fe rend ainfi à foi-même.

143

La politesse exige qu'on réponde à toutes les Lettres que l'on reçoit ; mais la discrétion devroit empêcher d'en écrire pour des bagatelles. Il est inoui combien l'on abuse ainsi des heures d'un homme occupé ; on le met dans la nécessité de passer pour impoli, ou de ne rien faire. Il est vrai, qu'après tout, les sots ne sont pas obligés de connoître le prix du tems, & moins encore celui d'un homme d'esprit que d'un autre.

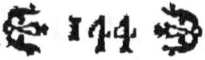

144

Méfiez-vous des caresses des

gens du monde , elles font in-
téreffées & perfides , fouvent
l'un & l'autre : *Experto crede
Roberto.*

❧ 145 ❧

Le Fat à la mode aujourd'hui,
c'eft *l'Important.* Un Jeune-
homme ne vante plus fes chevaux & fes bijoux , ne s'entretient plus de fes Chiens ou de
fes Maîtreffes , ne conte plus à
qui veut entendre fes bonnes
fortunes, & fes mauvaifes nuits ;
mais il veut faire croire qu'il eft
occupé d'objets férieux , initié
dans les myfleres de la politi-

ques, confulté par les puiffances.
Il efpere ainfi pouvoir réuffir
à cacher fa nullité profonde, &
trouver de nouvelles dupes à
l'aide de cet artifice ufé, fans
fonger que Moliere, la terreur
des Petits-Maîtres, des Importans, & des Fâcheux de toute
efpece, (ces trois mots font à-
peu-près fynonymes,) avoit depuis long-tems porté fon Arrêt
par ce vers devenu proverbe, &
qu'on leur appliqueroit plus juf-
tement encore s'ils étoient en général moins bêtes ou plus inftruits.

Un Sot favant eft fot plus qu'un Sot ignorant.

Fin de la premiere Partie.